第一事物

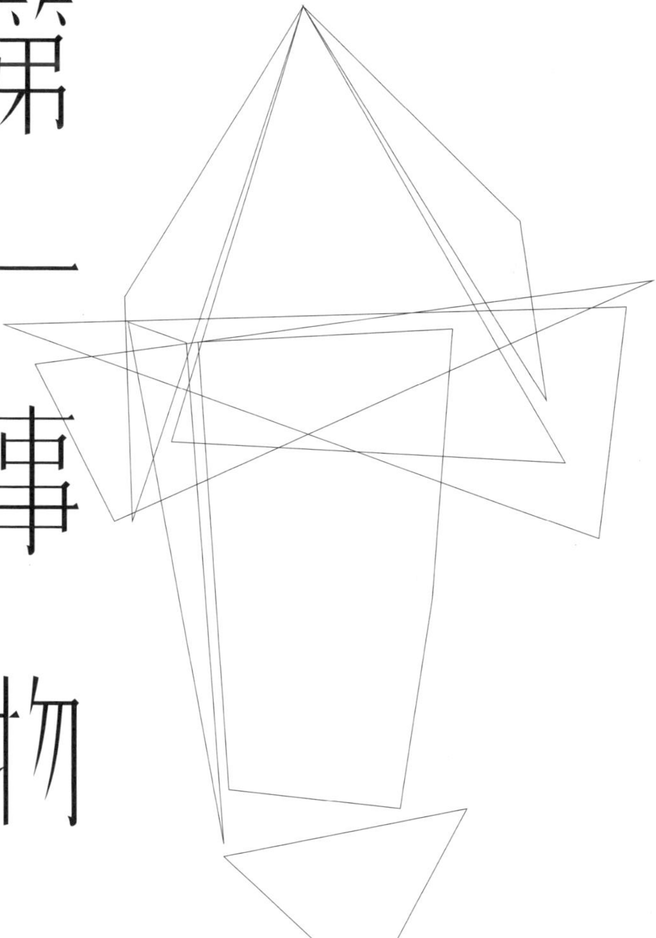

目次

三、

四、

水怪，再見

湖水平靜
湖水，不曾一刻高於自己

人們總在嚮往它處
微笑、佯怒
拒絕理解，超出理解的事物

湖水，然而
湖水，不曾一刻高過自己
湖水
湖水
湖水平靜……沒有一刻

被嘲笑的盲孩子
緊握的水怪造型紀念幣

幣值
仍在上升……

詩

是那世界最小的投石車
把你送來
白腳狗、藍月光
金蟾蜍、綠櫻花

送來你全部經驗
全部武裝

又一首詩——

飛石寂靜，輕輕敲響

風景的盛宴

深夜
一陣暴雨沖洗
打烊齒科外的大牙齒
靜靜發亮

※

停電的烏鴉晚宴
藏
一隻小金鳥
一件與一切有關的事即將發生

※

殺人犯的無名指
不自然彎曲

蕈類
搖晃
身體

※

心
它不來自比身體更深的土層，卻有著淺金色蘑菇條紋

※

一日波長的總和

聚焦虹膜
宇宙圖鑑
金碧輝煌

※

我在為晚風翻譯時弄錯了一切
普天之下
再沒有人一無所愛

※

潮水退去，造船師與造鞋匠
默默交換
彼此的小守護神

※

夜幕降臨
耶穌死去仍是耶穌
木乃伊復活
仍是木乃伊

渴望

珠寶店外，雨水淅瀝
盲眼的大盜
側耳傾聽

（一旦渴望
微小的自信也有了裂隙）

水舞的光線
緩慢，開合，深處的泵浦
穩定
賦予力量

（一旦渴望
一旦擁有力量……）

雨下著
水舞快速開合
萬物
正等待它最初的發生

就要發生
而尚未發生，它側耳傾聽

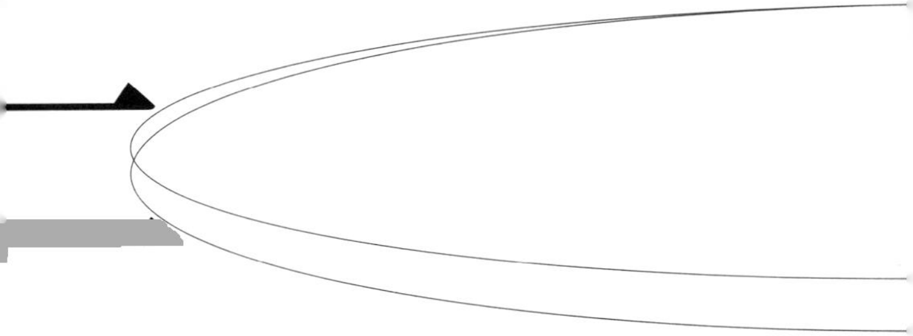

禮物

當穿千鳥紋睡衣的孩子
覬見猛禽之王
他獻上的詩
只能是我寫的詩
當沒錢的石頭人渴望

活成一顆寶石

他所有死法，都是我的死
是我閉上眼睛，脫下衣服
是我
為寫而寫，為唱而唱

我的愚蠢只能在我的一生
派上用場
嘴裡叼隻小狗，討個好老婆

我對世界的允諾
永不更改
夜色溫柔
晚風輕送

野人洗澡

又到了幫野人洗澡的時候
肉瘤貼著死皮
刷下來的
髮垢，小太陽一粒粒閃爍

謎一般的
野人，昏暗、透明、危險

天下大風。它的心
亮得像月光在非洲

野人，用眼皮上畫的眼睛
看些什麼
山脈、火焰、小東西
看，不存在的不都也存在了嗎

一層層洗去，柔軟的野人
舒展筋骨
我又一次感激野人

讓我看見。儘管野人死時將
再次變髒——

再見面
就又是幫野人洗澡的時候

賊市

世界感興趣於我的深度存在
在一古舊花鳥圓盒中

草木靜止
雲彩昏暗
心野掉的人，怎麼看
文字都是徹底漆黑的東西

但世界感興趣於我，我的言語
我的存在
我在霧中收下了偽幣
（交出了贗品）

夜深了
我這一生將富足而不幸

晚安

祝甜夢，小笨鳥
我的手臂垂落，沒有更多指示與安排

安坐人間王位的鯊魚
快忘掉
深海的屠殺——卑鄙如我依然卑鄙
俊美如你

將更加俊美
祝甜夢，小乖狗
放下書包
別再頂替，那學狗叫的野孩子
祝甜夢永在，在冬夜裡
怕冷的盲人
握緊他的美女打火機

睡吧
睡

讓暴雨如注
朝向繁星

詩歌檢定

你不作答因為你
還未知曉
蟑螂、螻蛄、大老鼠——
通用的密語
人們走向陽台

仰望流星然而
你只想看
一只蒼蠅脫下舞衣

你腳步輕柔，像個學童
熟知
不懂裝懂的藝術
從前如此，今後如此……

你得用一生弄反一切
然後明白

寫滿，這是答案
留白，這也是答案

死亡

你的瘋狗浪、你的大裂谷
你輕柔的晚風、你搖晃的鬼針草

你肥胖的百足蟲
你窄小的木盒
你內心深處的巨廈，你片片剝落的金箔

你的無所謂、你的依舊是
你最後一次偷聽

你，蹲下來，跳進去

你不斷發生的餘震，不斷
變慢的肉體
你砸爛的第一盞街燈
領養的
第一只貓咪

你的不得不
你的愛
你的救兵

蜉蝣

今晚，王座高懸
王者沉默

唯一的光源移動著
在
彼此對蹠點，浩瀚無限

打水的人把水打開
會聽見什麼
小禿鷲在老禿鷲背後，會讀出什麼？

「夜雨。」
「比死亡更親切的循環。」

潮水在輕觸狗腳前
遲疑著什麼

王座空轉
輕輕，又送回了蜉蝣……

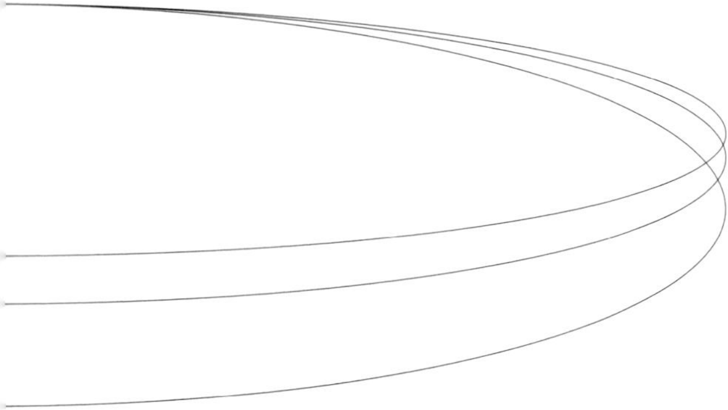

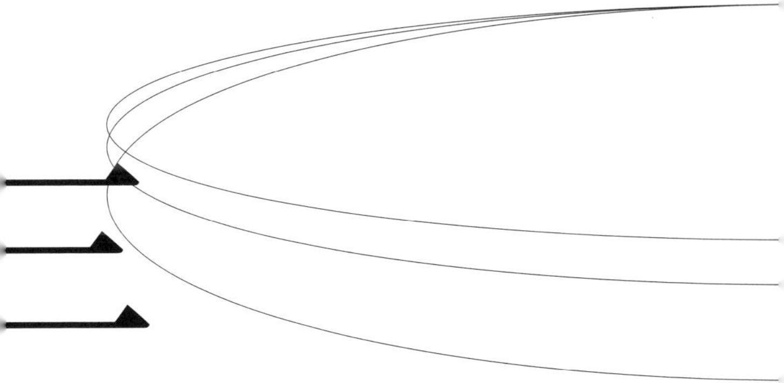

時候到了

什麼時候？巨人打鼾的時候
彈弓
瞄準的時候

孩子王熟讀
政治學的時候
破鐵馬
起飛的時候

查票員
清一清喉嚨的時候
罪
開始的時候
浮雲穿過
浮雲的時候
小耶穌像
戰爭玩具間
輕輕躍起的時候

暗殺

平靜地回答：「是，是的。」雨夜轟炸機
關閉通訊
徑直理解海灣的漣漪

接吻時間：機鼻透亮
雨水
細細修補深處的彈痕

沉默地回答：「是的，現在……」
對空導彈的光點
如兒歌
如兒歌裡，猛然升起的遺書
放開一生吹過的晚風、即將投下的死寂
完全不動
是的，完全的制敵
是跌落
深度明淨前，暫時不為所動

狙擊

冬日下午，博物館
一個孩子，揭穿祖父的恐龍身分
死亡變回溫婉的幼體
順服睡去的心

電視牆，俄羅斯光斑的不幸力量
一團黑霧創造的全球事件

未獲解決

冬日下午，另一個孩子
在烏克蘭語中
把安詳的綠色動物送往天宮，而他自己
在灰塵的遮蔽下漫遊
消逝

一束燈芯草在火上飄
兩個孩子
在圍成一圈的槍眼內緊緊相擁

守護

在鉤子下沉時拱起
身子，守護
裡頭極度漆黑的東西。意志、信念
每日每夜被
暴力法重複破解的東西

化為鳥叫聲一部分的蟲體
化為
「我是誰！」
「而你又是誰……」的遙遠聲音

無話可談的人談著黃金、期貨
遠方的戰鬥
遠方的中士聽著補給、壕溝、最後集合點

聽著，聽著，不再期待降落傘——

而那殘暴的鉤子（漆黑的東西）

在
嘴邊搖晃時
我們也要做出守護一切的決定

倖存

沉默的
歸降的傷兵
敵人都圍攏到你床邊了

一旦眼神開始溫煦
一切奧祕將始於同情

信物

雨下著，報廢的小汽車
跟丟人類的舞步

閉上眼，渴望成為翼手龍的
止於知更鳥

時間到，詩歌的賭徒
蓋上語言的黑桃

吾愛已失
汝愛永在
天將亮

動搖

甜美的日光、溫暖的大海
我渴望
這一切與我無關

我願罪有應得
但被善於寬恕的人擁抱。百花盛開
我只希望

其中一朵與我無關⋯⋯

我將不再凝視，蜷著寶石
沉睡的滾糞蟲
不再聽
巨鳥的學步，讓一切殘忍如初

我會寧靜撤退
吃人的病神，長錫角的獸
前進、陣亡、無所謂……

我渴望一切永遠
在我深處

與我有關、與我有關，只與我有關

一切輕輕地降臨

最後的紅心
在滿手鬼牌的孩子微笑裡

迷路的小水蟲
在眼淚好看的小徑裡

終其一生的黑暗
在未曾照過X光的寧靜腸子裡

一切輕輕地降臨
一切輕輕地降臨

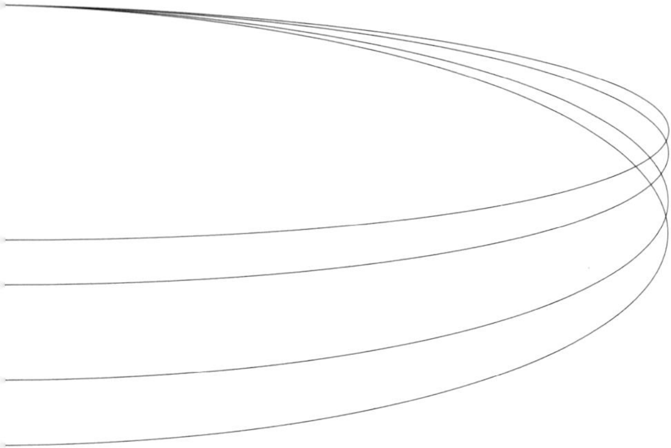

四

奇蹟

一、二
大蜂鳥將作為蜂鳥的感覺，貯藏在
小蜂鳥之中

橙燈的海浪
漫上來
人類起身，時間的列車

空椅子無限溫暖

生之暗綠、死之金黃
太空中
毫無反應的血塊

重新聚攏
人形宇宙，枝繁葉茂——
搖晃無數的落果。而人還在人的窗邊
蜂鳥還在
尋找蜂鳥

三、四、五
晚風輕拂
相信奇蹟的仍在數數——

蟲盒

蟲盒抖出許多小蟲屍體
各式顏色、形狀——
繞行與停佇的習性。這盒子曾密封於黑暗
供小蟲充分認識
分不清彼此的翅膀、節肢、眼珠
一隻蟲子
就是一個夏天全部蟲子的飛行路線

求偶、覓食、墜落
軌跡的總和（這就是生命？）
我不確定，但這就是生命
我會在更大的盒裡重複給你聽

通信

最危險的
運用紙張的方式，是書寫它
寫它
讓微綠的船錨，勾勒出船與船
之間的風與水平空間

讓忠實的燕子，化一枚小圖

在郵戳邊
快速確認收信的日期

與地址，轉遞一生飛過的水域
與空域。既然
旅途已經結束，受哪些明亮意念
驅使，已無所謂

最安全的方式，燕子
是搭船抵達
另一處水平空間，開闊的港、籠外的手指
光潔的拆信刀

暴風已經到來
寫它
退一步，再寫
燕子，再寫，翅膀就要展開

些許風景的盛宴

※

說謊的孩子
堅稱見過雪怪

牠將為此
把他晚涼的小窗
全部推開

※

最終的密令：
戰爭結束，無法移動的臼炮
監視著大海

※

壽衣上死蝨麇集
永動的機組，默禱的齒輪聲

※

不發一語
在幼兒園生的喧鬧中

博物館的斷頭台
不發一語

※

對人世已無深仇大恨
野狗安睡

夢裡的雞舍，血光滿天

※

摸到大象眼皮的盲人
一陣閃爍

漫長的等候
只為把握一次微笑的良機

※

小山怪凝視山谷
明滅的屋燈

友誼的暗號永不終止

※

我在樓頂撒尿
你在陽台聽雨
曾經篤信的
此後
要更加相信

生命漠然

然而並非
從不給予
靜靜，被靜靜遺忘的摺傘
一樣靜的
雨水一樣水亮的

令殺蛇人

因找不到蛇頭的明確邊界而
迷惘的

廣袤的
和平的
小沙彌的睏意般無可挽回的……

生命繞著半圈
也哀傷、也歡樂

像睡著了
像一首歌

共時

禪定的蚊子
帶殺意的小光輝
臨終者的呼吸器
墓碑上
沉睡的蟾蜍

戀人的金錶
垂軟在路旁的大糞
躲雨的孩子默默
數著
小廟裡的千佛燈——
又到了全部一起閃亮的時刻
一起
存在的時刻

短暫的情誼

滿月前的烏雲
知曉那光亮沒有意義
也不會將一切永久遮蔽

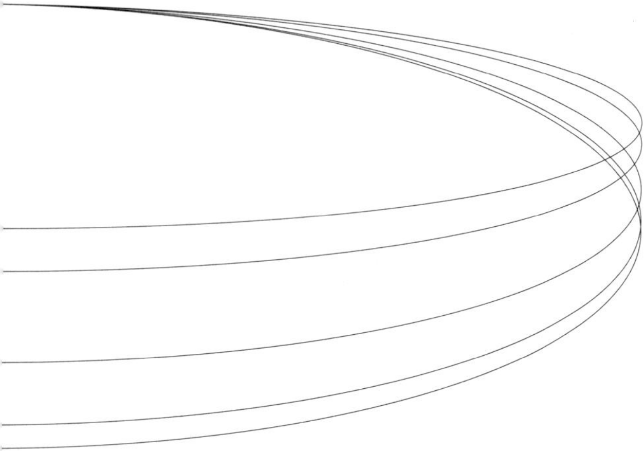

五

萬湖

以微弱的好奇
輕盈的
情感漫過心跳

溫緩的泳童
群鴨
生樹冠，樹冠生破綻

（水，世界的開局
慢下來——）

慢不下來，風暴臨近
不可閃避之物，輕柔

果敢，如葉片偷偷落滿湖面
不區分自我
不混淆

遠方僅有的清晰，僅供容納
有限事物

而心是恆久的——
不安定的
小球
迅速穿過湖面的水波

小小

冬日的眼睛
內心柵欄的和平夜晚
放下了小小的水
小小的閃光

小小的
蚱蜢皇帝躲在王座下，轉動

小小音樂盒

野貓撒尿，花開遍野
冬日
一首歌被寂靜痛打
音符全數失明

列車通過，柵欄升起。小小的
輝煌
小草地小小的黑暗
我們小小的枯樹掛滿了球燈

傍晚

萬物上升，損失下邊的完美
低頭看
一切已是蜂蜜兌涼水
人在人世的空殼裡休息
被廣闊的謎輕輕哄著
今晚

觸手可及的幸福
遙不可見

而一切仍在上升
野貓
街燈、涼亭與詩人
都在上升……再看一會吧
再一會
再看一會
我就關上了小門

傍晚

下雨了，抖一抖
我們身上
全部的夜晚都在下雨

三腳狗與屋簷
盲金匠與
愛人胸口的淚滴形人造物

都在下雨
（對著黑暗，燭火輕說
別脫我衣服
這不是愛情）

下雨了，蟾蜍色的雲暮
又一次覆蓋我們骯髒蠕動的身體
青空重組，飛鳥支離
重複的幸福
只堪比獨一無二的不幸

用全部的傍晚照亮這一個傍晚
你說：下雨了
說
這種雨還不需要傘
月亮一出來
我們的屋子就像燃燒了起來

獅子座流星大賭場

獅子醒來，沒頭沒腦下樓
黑暗中
打開天空的總電源

萬物眼底
溜轉
精緻的吃角子老虎機——

（小火焰）
（小淚水）
（小金鈴）多美
多渴望，多麼
無防備
手腳輕盈的上帝已成盜賊……
而獅子仍在
豪賭，從專注到瘋狂
一無所有
到腰纏萬貫

不會再孤單
你亮起身上全部的綵燈

日子到頭

日子到頭
鞠一鞠躬

讓和我共舞的一切停止
水花、火苗
月亮下跛腳的跳石

盡頭的土丘
無數手指會解除我
美好的日光
沒日沒夜的潮水
模糊所有

我將安慰
擁抱
安慰然後不再擁抱

日子到頭

不要說話
讓黑鳥於湖光中舒服一下，帶我回家

長長的一生

日光烘暖
老獅子的背

長頸鹿，空空的棺木
裝滿了雨水

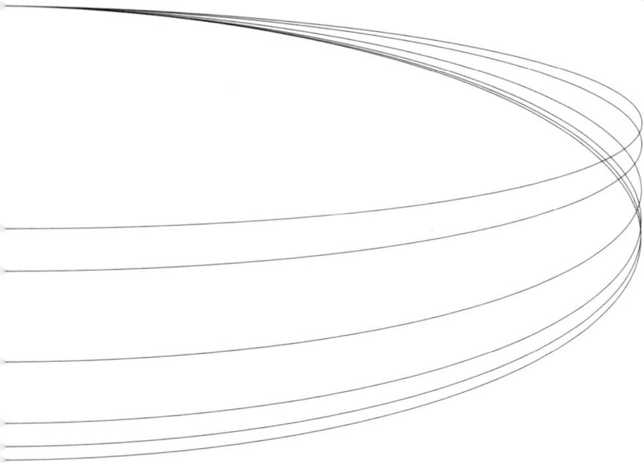

六

烏有

沒有肉身，我的胸膛無人縱火
沒有靈魂，我買不起煙花，聽不見大雨
看不出浮雲的歲數
摸不著邊際

沒有詩，將無人派兵
攻占銀子的聲音

打蛋器不會有橄欖綠的思想
月亮
不會在燈鏈中尋找空席

沒有渴望
彩蟲只在空種子內翻一次身
就永遠沉睡

沒有虛構的皇帝
加冕
真實的奴隸

此刻荊冠閃爍
下一刻就無限漆黑

頃刻是

頃刻是記憶
是白熾燈穿回黑衣服
好看的樣子
頃刻

是遺忘：與自己同名的電影院
放映盜版片

頃刻雨是雨，雨滴是雨滴
頃刻
是形容詞不形容
動詞不動，名詞無名
虛詞所言皆真

頃刻是月亮、太陽、星星
湧進房間
是所有家具的沉沒

頃刻是告別
頃刻是傾聽

獻曝

還是可以
但誰還可以？
此後就期待著相遇
站在最佳的位置：野花，野鳥
別打擾

與你仇深似海的

將你抱擁，拒絕落下的雨
折返烏雲

而你像野人盯著太陽
像
一首難受的詩

（還是可以
但誰還可以？）

天黑了
這兒沒有過任何東西

寫完，然後走開

笑一笑，然後走開
讓垃圾站的
招財貓，最後一次搖晃手爪
讓人類的心僅僅參透
一半真理——讓祕密警察與鎖匠
撬開鐵門

只有正午閃光的大海

在歡樂之後，沉默之前
在常說「總之……」的人總結一切後
在
正式的涼爽到臨前

笑一笑
拿出口袋的小卵石
天黑前沒別的事做
就把它們，慢慢疊成一公分高

樂理

雨水落下
如此單純的樂理
意味什麼……聽。也許該讓
音樂徹底結束
水母、怪人、高壓電

各類日常的風險
螢石、光柱、鐘錶鋪

各式罕有的愛
再一次回歸傾斜的必然
而當雨水落下
落下
在它僅有的停頓間

會有一扇窗無聲地打開

遠古邀請

一個字：烏雲的轉手港
死與睡眠的樓梯
一個詞，一艘鐵殼船
水底
擦擊著黑暗

一個句子
天使的烤雞翅
兩個
水鬼的湖面與月光
一段一段，漫長等待
不愛的人突然相愛
一些逗號顫飛著
一首詩
嚇哭心中最小的孩子

來自遠古的邀請
強大如昔
你放開了小螟蛉，朝向繁星

越界

只能如此，再抱一下
黑嘴狗、白頸貓
照看世上所有王八蛋的月亮……從此
只能這樣。塌鼻的孩子
逗誰笑
又惹誰哭？

塌鼻的母親。

來，親一下。閉上眼
當燈光探進巢穴
然後是手

人世熙攘，持續瘋狂的生活與鬥爭——

就這樣吧，今晚，就這樣
清清白白，躺平下來

渴求的事物

渴求過了
該來的黑暗，更黑暗了。再看一下
來，閉上眼
抱一下
直到一切覆蓋

再見

見過了我
我的詩從此
黑燈瞎火

搖晃歡迎的小旗幟
卻說著再見

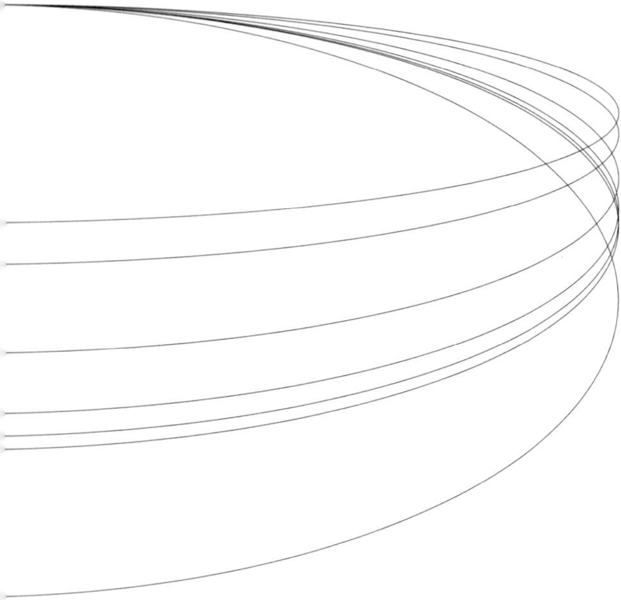

七

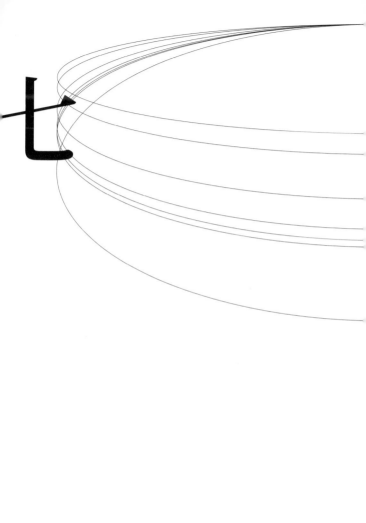

未知

深淵上的海面
賭船
明亮輝煌

鋼琴課

如今身旁的一切已被征服
音樂消失，在漫無目的的勤練中
抵達和平

節拍器上的小鐵鳥
不曾飛離，一生我們有過不少信仰
有些已
全然經不起驗證

只能唯唯諾諾
坐回琴椅，讓中央C
對準肚臍
再一次點頭、數拍、以平凡的巧合
獲致相似的頓悟

如今身邊的一切已被征服
音樂消失，在我們漫無目的的勤練中
音樂已消失，已遺忘
彈奏
已抵達平靜

故鄉

照亮你
以糞坑上的電燈
一大團溫軟的模糊
安安靜靜
抬頭看，燈泡看似大了十倍

更大的月亮
和你我仰躺在一起
（離不離開
都該在一起）
你聽見了流水潺潺的聲音

無風景的盛宴

※

心：三隻飛燕環繞
一個騎兵
（好看的騎兵出城都是困難的）

※

最小的瓶子安放
最小的剩餘

凝視魚罐工廠的大魷王
觸手
痛楚地閃光

※

你來，為你騰出位置的

你走
將為你跳舞鎮夜

※

你知道這一生永遠撿不到
「潮水」這個詞

下頭的卵石

※

墓地深處
美麗的紫色國度
能見度：零

※

他人即夜幕
忽明忽暗

夜路上的人輕輕捏緊了護身符

※

無頭的蝴蝶，美麗仍在
拒絕過世界
又給它一個並不完整的答案

※

烏鴉聚首，礦坑中猜燈謎
金絲雀：飛？
不飛？
總得有誰將我放回永在的漆黑——

詩的剩餘

一隻多餘的腳
被蜘蛛留在了毛手套外
一群透明水鳥
從鳥背上的空港輕輕起飛
一顆心

遍歷許多憂苦
一架鋼琴
背負太多黑暗山谷

一個好看鞋盒
它，未曾去過任何遙遠地方⋯⋯

一次擁抱、一次郊遊
一次存在、一次玩耍
一道影子將
怕黑的人

一生的夜路巡過一遍
最後一盞街燈，它把自己默默修好
默默離開

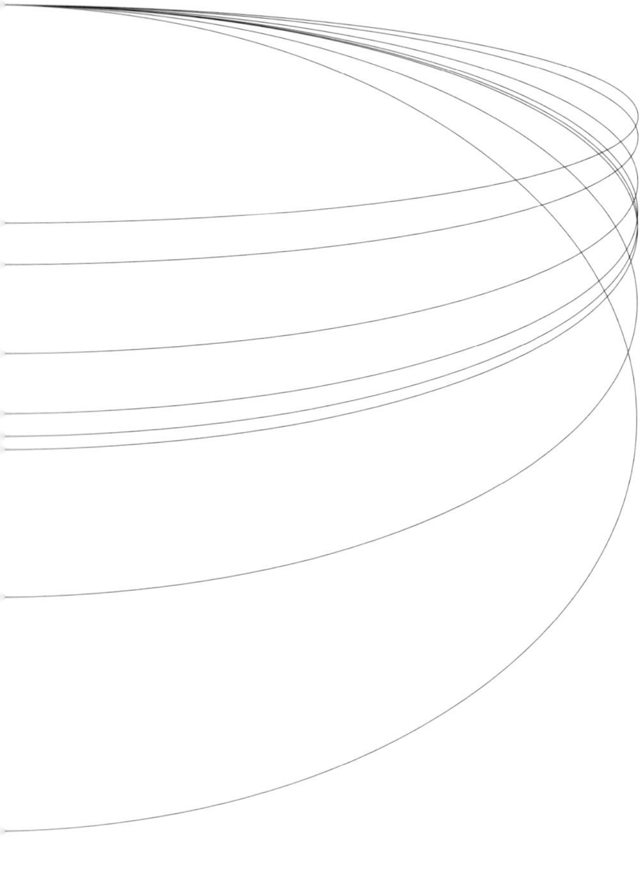

八

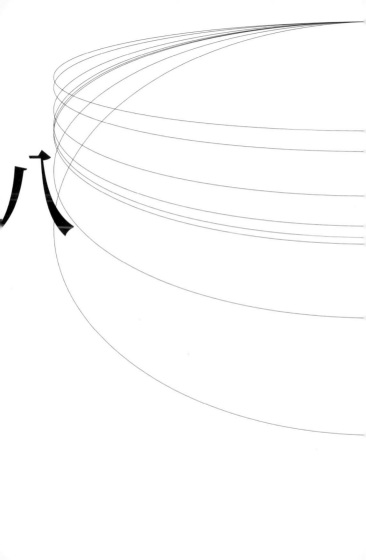

狗兒長大

年復一年，狗兒長大
變胖，變壯
擠進我們中間
（在胳膊和肚皮之間）安定下來
小小的爪
扎滿臉的鬼針草

捉住猫鼻子、舔朋友的尿
一頭跌進髒水
狗兒，結成一團漆黑粘稠之物

變胖，變壯，年復一年——
伸出黑舌頭
穿不合身的皮衣鑽進夢裡（誰做的夢？）

狗兒，狗兒
人世明媚
所愛之人已蓬頭垢面

回家

夏日，她靈魂穿得少些
穿過胸口的光
又淡了些

鼓搗碎石，他土星環上
開破爛挖土機，煙蓬滿臉

房屋長出了蟲足和鳥羽。

也有音樂
也有些日子，水溶溶地分娩
一出生即溶於水

也有涼台
燈鏈的雨聲
在梳子、電話、行星與菊石間

這天回來得早
「是誰？」她懵了一下（是港口或暗礁

取決於
這一秒回答的方式）
「是我。」是一隻軍艦鳥
啣一顆六等星
他可疑的徽章
可笑的詩

致奧勒留

「當我超越幸福，世界就不再屬於我
何以我還需要世界？

我只存在一切附錄之上。

如一個門外漢
主宰關於門軸的一切思想

那怪異的謎
如正確性，吞沒所有正確的東西

所以我選擇世界
一棵樹
延展他的葉片，一首無韻的詩

被朗讀。天空中金屬面具的巨影
使我在某個念頭上
喜獲淚痕

如生疏晚禱的天使遠離

神的體系
當我超越幸福，這世界可以不必屬於我。」

——話說一個問題何以持續困擾奧勒留十年之久？
人若回頭
必只返回自身經驗之中

後記

一天夜裡，狸貓背上小背包離家出走（中間回家拿過一次東西）。幾天後狸貓回來，我們發生嚴重爭吵，說了些惡狠狠的話。然後我們開車上南迴，峰迴路轉的山林，一寸寸暗下來。出海線時天已臨黑。此時一大片火燒雲，正橫在楓港岸邊。狸貓在草叢發現一支被丟棄的「烤鳥魷魚」旗子，我把旗子撿起來，用力揮舞，在濱海公路旁跳來跳去，叫賣著那並不存在的烤鳥、魷魚。

所以，火燒雲裡到底有些什麼呢？

一日將盡，如一生到了一個轉折點，內心風景漸次熄滅，一些晦暗之物卻開始清晰。像是另一次大疫中出逃至墾丁的旅行，梅花鹿、紫斑蝶和黃喉貂，重新占領了原本喧鬧，如今寂靜無人的大街與後巷——這是非人性對人的整理，也是非語言對語言的修復。這樣的時刻，內心與外部世界不再有所區隔。

人，作為孩子，若在和語言相遇前的濛昧時分，曾被這樣輕微的陌生與親暱所袒護，詩就是這一切與他重逢的約定與證明了。

完成於生命中一段相對受限的時光，《第一事物》放棄了意象、隱喻和對主題的裝飾，因為相信存在一個更深層、也更普遍的經驗世界，可供你我直接指認。某種意義上，這本詩集的用途，毋寧更接近於星象盤、深海動物大全、沙漠旅行的準備清單。一生總有那幾個時刻，經驗和詞語直接連繫，該做的只是如實地寫下，或如實地不寫。

而一旦寫了，詩便像一枚蜜蠟被放在孩子手心，或短暫從四方聚來，在不同壓力，溼度，氣溫和水氣條件下，凝聚而成，但甚至根本不在同一個空間平面上的虛構事物。然而，人還是從一百公里外的某處，結束爭吵，默默收好行李，穿過山脈，抵達海岸。然後決定在某個角度適當的海邊，把車停了下來。

就這樣，人就看到了火燒雲那樣的東西。

天越黑，世上像火燒雲的東西就會越少，其實有，只是漸漸看不清楚了。這其中並未蘊含任何深刻真理。當然這世界沒有什麼道理是真正深刻的，除了知道，狸貓吃飽就會拍打肚子，並且開始唱歌。

國家圖書館出版品預行編目（CIP）資料｜第一事物／楊智傑著. -- 初版. -- 新北市：堡壘文化有限公司雙囍出版：遠足文化事業股份有限公司發行，2024.07｜160面；10.5×14.8公分. --（雙囍文學；21）｜ISBN 978-626-98571-2-8（平裝）｜863.51｜113007813

雙囍文學　21

第一事物

楊智傑　著

堡壘文化有限公司　雙囍出版

總編輯：簡欣彥｜副總編輯：簡伯儒｜責任編輯：廖祿存
行銷企劃：曾羽彤｜裝幀設計：陳恩安

出版：堡壘文化有限公司／雙囍出版｜發行：遠足文化事業股份有限公司（讀書共和國出版集團）｜地址：231新北市新店區民權路108-2號9樓｜電話：02-22181417｜Email：service@bookrep.com.tw｜郵撥帳號：19504465 遠足文化事業股份有限公司｜網址：www.bookrep.com.tw｜法律顧問：華洋法律事務所／蘇文生律師｜印製：中原造像股份有限公司｜初版1刷：2024年07月｜定價：400元｜ISBN：978-626-98571-2-8｜EISBN：978-626-98571-3-5（PDF）978-626-98571-4-2（EPUB）